슬픈
알바트로스에게

# 슬픈 알바트로스에게

**초판 1쇄 인쇄일** 2022년 05월 02일
**초판 1쇄 발행일** 2022년 05월 13일

**지은이** 고승주
**펴낸이** 양옥매
**디자인** 표지혜
**교 정** 조준경

**펴낸곳** 도서출판 책과나무
**출판등록** 제2012-000376
**주소** 서울특별시 마포구 방울내로 79 이노빌딩 302호
**대표전화** 02.372.1537 **팩스** 02.372.1538
**이메일** booknamu2007@naver.com
**홈페이지** www.booknamu.com
ISBN 979-11-6752-157-6 (03810)

# 슬픈
# 알바트로스에게

●

고승주 시집

●

책과나무

자서

⋮

헐벗은 영혼에

옷 한 벌 걸치는 일

진실의 사랑과

시 한 편의 온기에 의지해

오늘을 살았다

# 목차

## 3부 신의 정원을 걷다

## 4부 칸트를 읽다

## 5부 겨울 경전 읽기

1부

·

# 바람의 유희

그들은 서로 한 몸이 되어 춤을 췄다
풀잎에서 바람의 몸짓이 흘러나왔다

# 바람의
## 유희

바람은 스스럼없이 풀을 껴안았다


그들은 서로 한 몸이 되어 춤을 췄다
풀잎에서 바람의 몸짓이 흘러나왔다


오래되고 익숙한 몸짓이었지만
만남은 늘 처음 사랑처럼 다가왔다


첫 만남이 헤어짐이어서일까
춤은 이별처럼 애절했다


바람은 풀의 이름을 묻지 않고
풀은 바람의 가는 곳을 묻지 않았다

# 연서

어느 외로운 사람이
서녘 하늘에 써 놓은 편지

가슴에 묻어 둔 그리움이
파스텔 톤으로 풀리고 있다

지금 당신이 바라보는
오렌지빛 노을

누군가
당신에게 보내는 연서다

# 꽃 한 송이
## 피어날 때

지금 막 꽃 한 송이 피어나고 있습니다

시간에 이끌리어
새롭게 탄생하는

절정의 순간

당신은 지금
신의 비밀을 훔쳐보고 있습니다

# 전철 안
# 풍경

자매인 듯한 두 중년 아주머니가
전철 안에서 이야기를 주고받다가

'아니,
여기 양재역 아니야?' 하며
서둘러 내리는데
뒤따르던 여자 앞을 덜커덕하고
전철 문이 가로막는다

'어머머'
두 여자 입에서 동시에 뛰쳐나온 감탄사가
잘린 도마뱀 꼬리처럼 파닥거린다

순간 서로 손짓을 주고받더니

약속이 되었는지

전철 안 여자의 표정이 잠잠해진다

# 냉이꽃
## 사랑

허리가 몹시 굽은 할머니가
비탈진 언덕을 힘겹게 올라
밭일을 마치고 돌아오는 길에
밭두덕에 무더기로 피어난
냉이꽃을 꺾어 내려온다

할머니의 뒷짐 진 손에서 출렁이는
희고 노란 꽃다발

바깥출입을 못하는 할아버지가
냉이꽃다발을 받아 들고는
벌써 냉이꽃이 이렇게 피어 부렀는가
하면서 냉이꽃처럼 환하게 웃는다

# 사랑에

## 대하여

사랑이란 단어는 빈 그릇으로 남아

사람들의 사랑이 깊어지기를 기다리고 있다


사랑이 몸짓으로 드러나지 않는다면

사랑은 공허로 채워지고 말 것이다


태양의 심장에서 달려온 빛이

지상에 풀어놓은 사랑


풀꽃 하나 피어나는 일에도

자연의 사랑이 들어 있다


시린 겨울을 이겨 낸 박새가

우듬지에 앉아 부르는 노래

아프게 피어나는 겨울 동백을
이제 사랑이라고 하자

한 사람을 사랑하는 일은
사랑하는 이의 상처까지 품는 일

사랑이라는 말의 그릇을 채우기 위해
우리는 더 사랑해야 한다

# 마두금
## 연주

초원을 달려가는 바람에 실려
고비사막을 건너는 낙타 울음

주인은 어린 새끼에게 젖을 물리지 않는
어미 낙타에게 마두금 연주를 들려준다

암수말의 말총으로 만든 두 줄의 현과
악기의 울림통을 감싼 말가죽에 스민
말의 혼령이 우는 소리일까

악사가 현을 켜기 시작하자
마음을 쥐어짜듯 쏟아지는 서러운 가락
선율은 낙타의 슬픔을 어루만지고

초원의 들꽃 사이를 지나

고비사막을 건넌다


태어나면서부터 짊어진 숙명

사막의 어둠 깊이 묻어 둔 슬픔으로

어미는 어린 새끼를 내친 것일까


악사가 연주하는 마두금 가락에

낙타의 커다란 눈에 고인 눈물이

방울져 떨어지기 시작하자

주인은 새끼를 어미의 젖품으로 밀어 넣는다


어린 새끼를 데리고 사막으로 떠나는

낙타 뒤를 따라가는 마두금 가락

# 호명

한 사람의 이름을 부르는 일은
그의 과거와 현재 그리고 미래까지
불러내 마주하는 일이다

한 사람의 이름을 부르는 일은
그의 간절한 기도와
희망과 절망, 사랑과 미움
그가 살아온 삶 전부를 부르는 일이다

그가 만난 들꽃의 향기와
그가 기억하는 귀뚜라미의 노래
그가 보았던 물까치의 날갯짓이
그의 이름에 들어 있다

한 사람의 이름을 부르는 일은

한 사람의 영혼을 부르는 일이다

# 갈등

왼쪽으로 감아 오르는 칡과
오른쪽으로 감아 오르는 등나무가
서로 만나 갈등을 쌓아 가듯

오른손잡이 사내가 왼손잡이 여자를 만나
엮어 가는 한 생애
서로 상대에게 받은 상처를 마음 깊이 새긴다

한 남자와 한 여자가 서로에게 남긴 상처
한 생애를 살아온 서툰 사랑의 무늬다

# 말의 무게

나의 말은

말이 지닌 무게보다 얼마나 가벼운가


진실을 전하려는 나의 말은

진실의 무게를 감당하지 못한다


말을 건네는 사람과

말을 받는 사람 사이


그 사이를 오가는

말의 중량


오오!

깃털처럼 가벼운

말의 무게여


사물의 진실을

저편으로 옮겨 놓지 못하는

말의 절망이여

# 어느 몽상가의 은필

어느 화가의 붓 끝에서 펼쳐진 듯
캔버스에 피어나는 구름의 형상

하늘 저편으로 빠르게 달아나다
달팽이처럼 느릿느릿 기어간다

하늘 캔버스에는
가공의 세계를 현실 속으로 밀어 넣는
몽상가의 천진난만한 유희가 펼쳐진다

마술사의 손끝에서 빚어지는
기괴한 초현실적 형상들

근엄한 신도 때론 몽상가의 운필로

사람들에게 말을 걸어온다

# 견고한 성

나의 일생은 성을 쌓는 일이었다

시간이 지날수록

견고해지는 성채

지금 나는 스스로 쌓은 성에 갇혀 있다

이제 성은 누구도 허물 수 없다

성을 허물 수 있는 오직 한 사람

성을 쌓은 자이다

# 상처의 무늬

세상에 슬픔이 배지 않은 노래는 없다

세상을 떠도는 방랑자
물의 노래에도 쓸쓸함이 묻어 있다

풀은 바람에 수천 번 쓰러지고 나서야
쓰러지지 않는 법을 터득하고

우듬지에 앉아 우는 새의 노래에도
고통의 가시가 박혀 있다

꽃은 상처에서 길어 올린 향기를
조심스레 바람 속에 밀어 넣는다

나는 마음의 상처가 무늬가 되기까지

오래도록 상처를 들여다보았다

# 꽃무덤

햇매미 울음이 마을 고샅을 흔들어 놓을 때쯤
울타리를 타고 오르던 호박 덩굴이
겨드랑이에 크고 노란 꽃등을 매달았다

호박꽃 피어나기 기다리던 호박벌
꽃 궁궐에 들어가 시간 가는 줄 모른다

어린 소년이 살금살금 다가가
호박꽃 입술을 오므린 후
호박꽃을 따서 귀에 댄다

통로를 봉쇄당한 호박벌의 분노가
귀에 자글자글하다

세상을 향한 통로가 막힌 곳

그곳은 지옥이다

# 우주
## 그 비밀스러움

사랑은 두 사람이
하나의 비밀을 공유하는 일이다

우주에는 헤아릴 수 없는
별이 있고
그 안에는 수많은 존재들이 살아서
사랑을 주고받는다

그리하여
우주는 항상 비밀스럽다

2부

·

# 가면
# 무도회

축제의 몽롱한 꿈에서 깨어나지 못한 자들이

가면을 쓴 채 죽음의 무도장으로 향할 것이다

# 밥상

밥상에는 한없는 사랑이 있다

한 끼의 식사는
어머니의 경건한 기도

세상의 모든 노동이 올려져 있다

온몸을 내어 준 자연의 사랑 아니면
어찌 내가 목숨을 받았겠느냐

나는 신에게 경배하듯
밥상 앞에 앉는다

한 숟갈의 밥을 떠 넣으면

한없는 사랑에 목이 메어 온다

# 잡초를 뽑으며

텃밭의 풀을 뽑고 돌아서면

어느새 돋아나는 풀을 보며


저놈들은 참 모질기도 하다며

푸념을 하다가


불현듯 스치는 생각


채소는 사람이 가꾸고

잡초는 신이 기르거늘


어찌해 볼 도리가 있겠는가

# 인간극장

**등장인물**

1. 주인공(60대 초반의 여성, 리어카로 폐지 수집을 하며 생활)

2. 시어머니(치매에 걸림, 앞을 보지 못하고 침대에 누워서 지냄)

3. 친정어머니(알츠하이머병을 앓음, 허리가 굽고 귀가 어두움)

4. 남편(건물 경비원, 가끔 집에 들어옴)


며느리의 일과: 폐지 수집, 시어머니와 친정어머니 식사 대
                접, 어머니 대소변 수발과 목욕, 빨래와 청소


  새벽 일찍 리어카를 끌며 골목을 누비던 며느리가 달
려와
  시어머니 기저귀를 갈아 주고 나서 막대사탕을 입에 물
려 주면

시어머니는 연신 맛있다, 맛있다, 아이고 달다며 기뻐
한다

점심때가 되면 급히 달려와 시어머니에게 죽을 떠먹
이고 믹서에 간 과일을 젖병에 담아 입에 물려 준다
이어 친정어머니의 밥상을 차리고 자신은 서서 식사를
하는 둥 마는 둥 생활 현장으로 뛰쳐나간다

시장기를 면한 시어머니가 사돈 할머니에게
노래 한 곡 불러 달라고 채근하자
허리 굽은 할머니가 장작개비처럼 누워 있는
사돈을 위해 민요 한 가락을 부르기 시작한다

낙양성 십리 허에 높고 낮은 저 무덤은
영웅호걸이 몇몇이며 절대가인이 그 누구냐
우리네 인생도 한 번 가면 저 모양이 될 것이니…

삶의 무게를 온몸에 짊어진 채
어두운 통로를 지나는 사람들
연극은 아직 끝나지 않았다

# 달개비꽃

아침 골목에 피어난

달개비꽃에 다가가

너는 어디서 왔느냐고 물었습니다


파란 하늘빛이 내려와 앉은 꽃잎

우수를 머금은 보랏빛은

어디서 길어왔는지 물었습니다


기다리며 서 있어도 대답이 없습니다


달개비꽃에게 던진 물음이

오히려 내게 돌아와

너는 누구냐고 묻습니다

# 늙은 사자

낮게 울려 퍼지는 사자 울음에
사바나의 초목도 떤다

원초적 욕망이 태양처럼 이글거리는 이곳에선
매일 생과 사의 투쟁이 무대 위에 펼쳐진다

살아남기 위해서는 교활함과
때로는 목숨을 건 용기가 필요하다

세포의 마지막 힘까지 동원해
사냥감을 움켜잡지 않는다면
어느 것 하나 순순히 목숨을 내어놓지 않는다

몸에 난 상처는 살아남은 자에게 주어지는 훈장
생명이 있는 곳에는 권력이 있고
권력은 오직 승자에게만 허락된다

왕좌에서 물러나 구걸하듯 얻은
한 조각 고깃덩이로 허기를 채우고
입가의 피를 핥듯 지난날들을 추억하지만

사바나 벌판을 건너는 포효에는
아직 내려놓지 못한 위엄이 남아 있다

# 세상을
## 건너는 배

그대 사랑하는 이여

사유의 배를 타지 않고

어찌 홀로

거친 바다를

건너려 하는가

# 끝나지 않은
## 물음

내가 모르는 나를 이끌고

여기까지 왔다니 참 혼란스럽다


내가 나에 대해 아는 것이라곤

육신에 관한 것뿐


168㎝로 줄어든 키와 68㎏의 몸무게

시시로 빠져나가 성글어진 머리와

얼굴과 손등에 피어나는 검버섯


그리고 때때로 종잡을 수 없이 떠오르는 잡념과

자꾸 달아나려 드는 기억들

그렇다

지금까지 나를 이끌어 온 것은

내가 아니었다


늘 오르던 산에서 길을 잃은 것처럼

혼란스럽다


몸에 달라붙는 그림자처럼

나를 괴롭히는 물음


너는 누구냐?

# 눈먼 사랑

집게벌레 어미가 알을 실었다

알에서 먼저 부화한 새끼들이

부화되지 않은 알들을

게걸스럽게 먹어 치웠다

남은 허기를 채우려 달려드는 새끼들에게

제 몸 내어 주는 어미

지독한 눈먼 사랑이다

# 가면무도회

왕국의 사람들은 모두 가면을 쓴다 이곳 사람들에게 가면
은 생존의 방식 어떤 이는 러시아 마트료시카 인형처럼 가
면 안에 또 다른 가면을 쓰고 살아간다 가면은 두텁고 화려
할수록 사람들로부터 박수갈채를 받는다 지도자로부터 일
반 시민에 이르기까지 모두가 변검무 연출가이자 주연 배
우 가면의 삶에 충실한 자만이 살아남는 무도회는 서로 상
대를 속이고 드디어 자신까지 속인다 학력을 속이고 경력을
속이고 나이까지 속이는 사람도 있다 정치인, 재판관, 목사,
학자, 상인 모두가 거짓과 속임수를 쓴다 이곳에서는 거짓
과 속임에 능한 자가 부와 권력을 잡는다 무도회 참가자는
아무도 자신의 실체를 드러내지 않는다 가면의 정체에 대
해 말하지 않는 것은 이곳의 불문율 가면을 벗은 민낯은 고
통스러워 서로 마주 볼 수가 없다 가면이 주인이 되고 자아

는 잠재의식의 맨 밑바닥에 고립된 사람들 이제 자신의 본래 모습조차 기억하지 못한다 자아가 노예로 전락된 왕국에서는 아무도 가면의 권력과 부조리에 맞서지 않는다 한 번도 자신의 삶을 살아 본 적이 없는 사람들은 오히려 가면의 삶에 만족해한다 가면과 가면이 펼치는 한바탕 질펀한 난장 얼마 지나지 않아 춤판의 열기가 채 가시기도 전에 또 다른 초대장이 도착할 것이다 축제의 몽롱한 꿈에서 깨어나지 못한 자들이 가면을 쓴 채 죽음의 무도장으로 향할 것이다

# 칼날
## 위의 삶

오늘의 첨단은 칼끝과도 같다

나는 지금 칼날 위에 서 있다

칼끝에 몰려오는 위태로움을

정면으로 맞서지 않는다면

어찌 오늘을 산다 할 수 있겠는가

# 호접란

책갈피에 끼어 있는 마른 꽃잎

단아하게 날개 접은 나비 한 마리

하얀 창호지 같은 꽃잎에 박힌

옅은 보라색 화심

실핏줄 잎맥 사이사이

아직 떠나지 못한 채 망설이는 빛깔들

# 한 편의
# 시와 치킨

잡지에 실린 시 원고료를 받은 날
나는 아내와 딸을 위해
한 마리 치킨을 주문했다

아내와 딸 앞에서 오늘 나는 당당해질 것이다
한 편의 시가 감칠맛 나는 치킨으로 변하는
마술을 보여 주리라

생의 고통이 묻어나는 한 편의 시
시가 밥이 될 수 없다는 자명한
사실에 허탈해하며
나는 스스로 위로하듯 시를 썼다

배달된 치킨 값을 당당하게 치르고

따뜻한 치킨을 받아 들고서


한 편의 시가 한 끼의 식사로

변하는 마술로

나는 오늘 하루 당당해졌다

# 시가 되는

# 풍경

지금 막 피어나는 꽃에게서
허공을 날아가는 새에게서
한 줄의 시를 읽지 못한다면
당신은 누구에게도 위로받지 못할 것이다

자전거를 타고 여의천을 지날 때
은빛 햇살이 자전거 바큇살에 부서지고
어미 뒤를 따르는 청둥오리 새끼들 뒤에서
은물결이 조잘거리며 일어났다

순간 속에 사라지는 풍경을
한 줄의 시로 받아쓰지 못하는 서글픔이
마음에 잔물결처럼 일었다

# 시는 어디에서 오는가

봄날 아침 하늘을 날아오르는
배추흰나비의 날갯짓에서 오고
나뭇가지에 쉬는 물까치의 노래에서 온다

시는 산사나무 가지를 흔들고
사라지는 바람에서 오고
길 위에 떨어뜨린 새의 그림자에서 온다

무료한 오후 2시
커피 잔에 남아 있는 온기에서도 온다

시는 저녁 숲에 스며드는 어스름에서 오고
이른 새벽 울타리 타고 오르는

보랏빛 나팔꽃에서 온다

시는 예고 없이 찾아와서는
시인의 마음 한켠에 집을 짓는다

# 숲에 꽃잎
# 날리고

꽃잎이 눈처럼 날리는 숲길을 걸었습니다

개울물은 제 가는 길 아는 것처럼

흥얼거리며 길을 나서고

개울가의 쪽동백나무는 우두커니

개울물의 노래를 엿듣고 있습니다

꽃잎 날리는 숲에

간간이 산새 울음이 무늬처럼 박혔습니다

사람들은 부리지 못한 짐을 진 채

때로 슬픔에 젖기도 하는데

나무와 개울물과 산새들은

아무 근심도 없이

제 갈 길을 그냥 가고 있습니다

# 반항

수심을 알 수 없는 우물에
돌멩이 하나 던졌습니다


돌은 파문을 그리며
아래로 아래로 가라앉고


물음에 대한 대답처럼
청아한 소리 하나 올라왔습니다


깊고 한없이 쓸쓸한

3부

•

# 신의 정원을
# 걷다

우리가 마주치는 산과 들, 별들이 내려와

얼굴 비추는 호수 모든 곳이 신의 정원입니다

# 존재

이념이 기록되지 않은 순백의
종이

개념이 정의되기 이전의
순수

관념의 오류에 오염되지 않은
빈터

새롭게 밝혀질 진리를 담을
빈 그릇

# 컴퓨터

그는 두 개의 숫자로만 말한다

숫자가 오롯이 품은 상상의 세계

온갖 꿈을 날갯죽지에 묻고

깊은 잠에 빠져들다가도

누군가 부스럭거리는 소리에

포르르 깨어나서는

가없는 가상의 하늘을 날아오른다

# 슬픈
## 알바트로스에게

북태평양 미드웨이섬 그곳에 알바트로스가 산다

출렁이는 검푸른 바다

거친 바람을 타고 가장 높이 가장 멀리 나는 새

사나운 폭풍과 먹구름이 몰려올 때

바닷새들은 모두 몸을 숨기지만

알바트로스는 절벽에서 바람을 타고

하늘 높이 날아오른다

땅에서는 뒤뚱거리며 걷는 모습을 보고

사람들은 바보새라 놀리지만

알바트로스는 3미터 넘는 날개를 펴

60일간 쉬지 않고 지구 한 바퀴를 돌아올 수 있고
짝을 맺으면 평생을 함께 지내는 신천옹

수천 킬로를 날아가 물어 온 먹이를
새끼에게 건네는 순간은 숭고하다
그러나 새끼들이 받아먹은 먹이는 먹이가 아니었다
그것은 사람들이 버린 쓰레기
육지와 바다 어디에서나 넘쳐나는 플라스틱 조각들

새끼 새들은 어미 입에서 나온 먹이가
그들을 배반하리라 의심하지 않았다
플라스틱을 삼킨 어린 새는 고통으로 신음하고
새들의 섬엔 죽음의 그림자가 일렁인다

새들의 노래 대신

섬 여기저기 들려오는 신음 소리

썩어 가는 새의 시체에서

찬란하게 피어나는 문명의 꽃들


비닐, 칫솔, 병뚜껑, 가스라이터, 머리빗


머지않아 사람들은

거친 바람과 파도의 울부짖는 소리 들으며

새들이 사라진 빈 하늘만 바라볼 것이다

# 신의 성소

하나의 작은 점에서 시작된 근원은
시작과 끝으로 이어져 있다


우주가 있기에 내가 있고
내가 있기에 우주가 있다


쓸쓸히 내려앉는 가을빛과
하늘을 나는 새들 모두
내가 있기에 있다


내가 있기에 사랑이 있고
행복이 있고 불행이 있다

내가 있기에 허공을 건너는 별들의 노래와

파도가 들려주는 노래가 있다


시작과 끝의 신비를 지닌 우주

모든 점들이 하나로 어우러지는 무대


작은 점인 내 안의 우주에도

신의 성소가 있다

# 신의 정원을
## 걷다

어느 날 숲길을 걷다가 문득 신의 정원을 걷고 있음을 알았습니다 내가 걸었던 산과 들 나무와 풀이 자라는 모든 곳이 신의 정원입니다 신의 정원에는 수목이 자라나고 철 따라 야생화가 피어나고 새들이 노래합니다 사람들은 경계를 정하고 땅을 팔고 사기 바쁩니다 나무를 베어 내고 땅을 파내고 건물을 올리는 곳마다 신의 정원은 생기를 잃어 갔습니다 사람들이 쌓아 올린 고층 빌딩은 바람의 통로를 막고 새들의 길을 차단했습니다 자유롭게 날던 새들은 유리벽에 부딪혀 죽어 나갔습니다 새들은 삭막한 도시에서 불안한 삶을 이어 갑니다 우리가 마주치는 산과 들, 별들이 내려와 얼굴 비추는 호수 모든 곳이 신의 정원입니다 생명들이 태어나 서로 어울려 사랑하고 자연으로 돌아가는 순환 속에 우리는 잠시 지구별에 세 들어 살고 있습니다 생명을 지닌 존재들

풀 한 포기, 길가에 구르는 돌멩이와 새, 허공에 떠가는 구름 모두가 오랜 우리의 이웃이요 형제들입니다.

# 혹등고래의
# 노래

1

그들의 노래는 심장에서 흘러나온다
그들은 온몸으로 노래하고 슬퍼한다
바다는 혹등고래의 슬픔을 실어
멀리 저 멀리 지구 반대편까지 전했다

혹등고래의 노래는 사람들의 노래보다
아름답고 황홀하고 슬프다
사람들은 노래하기 위해 노래하지만
그들은 삶을 노래하기 때문이다

산처럼 솟아올라 바다를 내려치는
웅장하고 우아한 몸짓

남극과 북극 망망대해를 유유자적하며

계절 따라 부르는 세레나데

2

오랜 옛날부터 사냥꾼들이 고래 사냥에 나섰다

나무를 깎아 만든 창은 쇠붙이로 바뀌고

점점 더 치명적이고 날카로워졌다

수많은 포경선들이 바다에 모여들었다

바다는 고래의 붉은 피로 낭자하고

온 해안이 핏빛으로 변했다

사람들은 고래의 몸을 조각내

고기와 기름을 얻고 가죽옷을 만들고

고래 뼈로 조각 제품을 만들어 팔았다

서로 안부를 묻고 사랑을 전하던 노래가

언제부턴가 슬픔과 분노로 변했다

세상에서 가장 깊은 상처를 품은 노래

파도 깊이깊이 파고드는

슬픈 혹등고래의 노래를 들어 보라

파도가 해안 기슭을 할퀴며 우는 것은
고래의 슬픔과 분노 때문이다


3
옛날에는 고래사냥꾼들이 생계를 위해
사냥했지만 지금은 육지의 모든 사람들이
고래 사냥에 나섰다


사람들이 버린 플라스틱 제품들이 바다에 흘러들어
생명을 파괴하고 있다
죽은 돌고래 배 속에서 나온 수십 킬로의 비닐 조각
그물에 감긴 채 죽어 가는 바다거북


비닐봉지, 폐타이어, 샌들, 스티로폼, 쇼핑백
페트병들이 죽은 고래의 배를 가득 채우고 있다
바다에 쓰레기 섬들이 생겨나고
각종 물고기들이 미세플라스틱을
먹이로 살아가고 있다


육지는 인간과 동물의 세상이고

하늘은 새들의 세상이듯

바다는 어류들의 세상이요 그들의 천국

생명들이 태어나서 삶의 터를 잡고 살아가는

그곳은 그들이 주인이다


4

자연에서 태어나 자연에 거주하는 모든 생명은

서로 사랑하며 번식하고 유전한다


신비와 고귀함을 지닌 생명들

형형색색의 아름다움을 지닌 생명들이

하나로 어우러져 살아가는 지구


생명을 학대하는 자는 자신을 경멸하는 자요

생명의 숭고함을 모르는 자는

자신의 생명을 경시하는 자이다


자연의 분노와 절망, 탄식의 소리를 들어 보라

자연을 사랑하지 않는 자에겐 야만의 피가 흐르고

생명의 고통을 느끼지 못하는 자는

이미 영혼이 죽어 가는 자이다


얼마나 더 많은 시간이 흘러야 사람들은

자연의 신음 소리를 듣게 될까

대지와 바다와 하늘에서 살아가는 모든 생명이

우리의 이웃이요 동료라는 사실을 알게 될까


우리의 후손들은 말할 것이다

인류는 찬란한 문명의 꽃을 피웠지만

생명을 사랑하지 않았다고

# 해마와
## 면봉*

인도네시아 바다에

해마가 자기 몸보다 더 큰

플라스틱 면봉을

꼬리에 감고 나타나

쓰레기를 무단 투기한

사람을 본

목격자를 찾고 있다

* 사진작가 저스틴 호프만이 2016년 인도네시아 숨바와 섬 근처 바다에서 꼬리로 면봉을 감
고 헤엄치는 해마를 촬영했다.

# 나무의
# 탄식 1

벌목꾼의 전기 톱날에 잘린 나무가
맥없이 땅 위에 나뒹굴었다

나는 몸통이 잘린 나무둥치를 바라보며
나무와 함께 서러워했다

몸통을 잃은 뿌리가 허둥대고
나무는 치솟는 서러움을 안으로 삼켰다

깃들 곳을 잃은 새들은 뿔뿔이 흩어지고
나무가 사라진 허공에 아우성치는

소리 소리 소리 소리들

# 나무의
# 탄식 2

나무들이 사라졌다
밑동만 남긴 채 잘려 나간 아름드리나무들
항거할 수 없는 나무들이 벌목꾼의
전기 톱날에 힘없이 나뒹굴었다

몸통을 잃은 뿌리는 무슨 생각을 할까
나무는 가지를 스치던 부드러운 바람과
그가 만졌던 허공을 기억할까
나무 그늘 아래서 땀을 식히던
우편배달부를 기억할까

나뭇가지를 흔들고 달아나던 바람과
놀라서 이리저리 흩어지던 새들에게

마지막 작별의 인사를 나누었을까


분분하게 날리던 흰 눈발 속에
인내를 다독이던 시간들
수십 년 세월을 몸에 품고
동토의 땅에 뿌리박고 살던 나무들


폭풍우가 몰아쳐도 불평하지 않던 나무는
지금 어떤 서러움에 잠겨 있을까
날카로운 전기톱날에 잘려 나뒹굴 때
밀려오는 슬픔을 어떻게 삼켰을까


나무가 사라진 자리에 남은 텅 빈 허공
나무들이 쓰러졌다고 기억까지 사라진 것은 아니다
바람과 햇살 새들과 함께했던 시간들
나무는 분노가 사그라들 때까지 수많은 날들을
길 잃은 바람처럼 흐느낄 것이다

# 신은 사물 속에 숨어서

우주는 수로 되어 있다고
어느 철학자가 말했다

숫자 속에 숨은 신은
인간의 지혜를 시험하고 있다

신은 사람들에게 수수께끼를 내놓고
문제가 풀릴 날만을 기다리고 있다

맨 나중에 발견된 아라비아 숫자 0처럼
신은 사물의 가장 깊은 곳에 숨어 있다

신은 모든 생명 안에서

우주가 들려주는 시간의 숨소리 들으며

사람들이 찾아오기를 기다리고 있다

# 여행

인생의 여행을 마치고

신 앞에 마주 섰을 때

나는 진실이 사라진 허위의 증언록만

들추어 보일지 모른다

나의 한 생애는

빈 수레만 요란하게 끌고 온 것이 아닌가?

# 두려움

나는 죽음이 두렵지 않다
다만 잊혀지는 것이 두려울 뿐이다


오늘 무대 위에서 빛나던 것들이
내일이면 커튼 뒤로 사라져야 한다


온몸으로 사랑을 전하던 태양과
은은한 달빛 아래 잠들지 못하고
배회하던 거리를 떠나


내가 늘 오르던 산과
여름날 검푸른 미루나무가 쏟아 내는
바람 소리를 남겨 두고

내가 한평생 짊어진

사랑의 빚을 다 갚지 못한 채

어디론가 떠나야 한다는 사실 그것이 두렵다

# 노을과 시

노을이 피어나는 저녁 무렵
친구를 따라 식당에 들어갔다


그는 박사 학위와 직책이 새겨진 명함을
누구에게나 스스럼없이 내민다


내겐 사람들에게 건넬 명함이 없다
사람들에게 내놓을 명함이 없다는 사실에
한동안 쓸쓸해하다가


사람들이 좀체 읽으려 들지 않는 시를
쓴다는 생각이 내 안에서 슬며시 일어났다

나의 시가 한 잔의 와인이 되어

사람들을 황홀하게 할 수만 있으면 좋겠다는

생각이 저녁노을처럼 번졌다

# 사라지는
# 하루

독자에게 읽히지 못한 채

쓰레기통에 처박히는 신문

자신도 이해하지 못하는 내용을

주절주절 내뱉는 주정뱅이의 말

하루는 그렇게 가볍게 사라지는가

비 추적추적 내리는 날

화살처럼 숲으로 사라지는 한 마리 새의

외로움을 생각하다가

나의 깊은 곳에도

잘 다스려지지 않는 외로움이

있음을 알았다

# 나는 길가의 돌멩이였다가

나는 길가에 구르는 돌멩이였다가
하늘을 나는 구름이었다가
땅 밑을 울며 흐르는 강물이었다

세상의 모든 길을 거쳐 온 나의 길
나의 길은 아직 끝나지 않았다

슬픔을 연둣빛으로
풀어놓는 나무의 상상력
나는 나의 슬픔을 풀어낼 길을
아직 찾지 못했다

# 수풀떠들썩팔랑나비

잠들어 고요한 숲에
수풀떠들썩팔랑나비 한 마리

이리저리 짝을 찾아 배회하며
숲을 떠들썩하게 한다

팔랑거리는 나비의 날갯짓에
깨어난 숲이 수런거린다

수풀떠들썩팔랑나비의 이름에는
숲을 들썩이게 하는 비밀이 있다

누가 수풀떠들썩팔랑나비의 이름을

가만히 소리 내어 부르기만 하면

잠든 숲이 살랑거리며 깨어날 것만 같다

4부

•

칸트를
읽다

이럴 수가, 청동으로 된 두꺼운 책에는

한 줄의 문장도 기록되어 있지 않았다

# 칸트를
# 읽다

오늘 나는 칸트를 만났다


청둥오리 몇 마리 봄 햇살 아래
졸고 있는 양재천


벤치에 앉아 책을 읽고 있는 그에게
조심스레 다가가
무릎 위에 펼쳐 놓은 책을 훔쳐보았다


오오,
이럴 수가


청동으로 된 두꺼운 책에는

한 줄의 문장도 기록되어 있지 않았다


하기야,

칸트 정도라면

이미 불립문자의 세상을 읽고 있을 것이다

# 읽지
## 못한 책

나는 일흔 번의 봄과
일흔 번의 겨울이 오고 가는 것을 보았다

느릿느릿 가던 시간은 쌓이고 쌓여
어느 날 정산해야 할 계산서를
내 앞에 불쑥 내밀 것이다

나의 행적을 낱낱이 기록해 놓은 시간
읽지 않고 책장에 꽂아 둔 책처럼
나의 숙제는 밀렸다

오래 들여다보아야 할
자연의 경전이 눈앞에 있지만

나는 아직 책의 첫 페이지도

넘기지 못했다

## 예순아홉

예순아홉과 일흔의 경계
시간이 끌어당기는 팽팽한 긴장감


낯선 숫자가 끄는
힘의 자장 가운데 나는 있다


한번 들어서면 되돌아 나올 수 없는
아주 위태로운 지점
블랙홀의 입구처럼 두렵다


내겐 아직 풀지 못한 생의 방정식이 있고
내려놓지 못한 미련들에 묶여 있는데

아래로 내려갈 계단은 사라지고

올라서기엔 불안한 지점

그곳에 나는 머뭇거리고 있다

# 개코원숭이의 다리뼈에
# 기록된 시간

스와질란드 동굴에서 발견된

개코원숭이의 다리뼈에

스물아홉 개의 눈금이 새겨져 있었다


고고학자들은 수학의 탄생이라고 외쳤다


고대인들이 들추어낸 시간의 비밀

스물아홉 개의 눈금에 새겨진 달그림자


개코원숭이의 다리뼈에 남아 있는

달빛이 지나간 발자국

# 신이
## 찾아오는 시간

이성의 문이 열리기 시작하자
사람들은 궁극의 존재 신을 찾아 나섰다

생명의 배후에 감추인 신
태초의 시간에 도달할 길을 찾아 나섰다

신을 기다리던 사람들은
오지 않는 신을 포기하고
관념의 형상을 만들었다

관념은 우상이 되고
이제 신은 결코 만날 수 없고
찾을 수 없는 신이 되고 말았다

시선은 밖으로만 향해 있었으므로
이미 자신 안에 있는 신을 외면했다


신이 존재 속에 살아 있지 않다면
존재는 한 덩어리 흙에 불과할 것이다


사람들은 알지 못하는 신을 향해 기도하지만
자신 안의 신을 찾지 못한다면
신은 영원히 만날 수 없을 것이다

# 일곱 빛깔
## 언어의 꿈 8

영혼에 가닿지 못하는 언어
진실을 전하지 못하는 말은 이미 죽었다


언어가 쌓아 올린 관념과 거짓 형상들
사람들이 오래 부려 온 허탄한 말


거짓의 침상에서 자라난 불온한 말은
진실에 가닿을 수 없다


공허한 말은 바람에 날리는 검부러기
거짓 혀에서 태어난 말은
사람들의 영혼에 깃들지 못한다

진실한 말은 그가 걸어가는 길에

피어나는 꽃이다

# 일곱 빛깔
## 언어의 꿈 9

진실이 떠난 언어를 버려야 할 때가 오리라

어리석음으로 쌓은 언어를 허물고

허황된 꿈을 담았던 그릇을 부서뜨리고

거짓에서 탄생한 말을 버릴 때

사람들은 망상의 고통에서 벗어나게 될 것이다

더 이상 진실을 담아내지 못한 언어

거짓을 잉태하고 허탄한 생각을 나르는

언어는 이미 죽었다

사랑과 진실이 사라진 메마른 언어는

속임과 증오가 거주할 뿐

어느 진실한 마음 하나 실어 나를 수 없다

# 일곱 빛깔
## 언어의 꿈 10

말이 사라지고 있다


사람들의 마음이 공허해지고
말에서 진실이 떠나고 있다


사람들의 말에 사랑이 사라지고
벼린 칼날처럼 날카로워지고 있다


사람들은 넘쳐나는 증오와
독설로 서로를 찌른다


진리가 사라진 곳에 공허가 깃들고
사랑과 진실이 떠난 자리에

넘쳐나는 거짓과 술수

거칠고 포악한 말에는
사랑과 우정이 깃들 수 없다

진실과 사랑이 사라진 세상에는
가면을 쓴 인간들이 거리를 활보하고
정의가 사라진 세상에는
야생의 거친 숨소리만 넘쳐난다

# 일곱 빛깔
## 언어의 꿈 11

언어는 그물이다
우주에 펼쳐진 사물 하나하나는
언어의 그물에 갇혀 있다

언어는 사물을 가두고
사물은 언어 속에 살아 있다

사람들은 홀로 있을 때도
언어 속 세상과 대화한다

언어가 없는 동물은 시선이
사물 하나하나에 머물러 있다

인간은 빛이 사라진 밤에도 세상과

대화하며 언어가 이끄는 바다로 항해한다


사람들은 언어 속에서

사유하고 기뻐하고 좌절한다


우주는 인간의 언어에 반사된 모형

인간의 언어 속에 우주는 살아 있다

# 혀 2

주인의 하수인인 너는
감당하기 힘든 큰 짐을 졌구나

사람들 틈에서 쉴 새 없이 말을 쏟아 내
공교로운 말로 주인을 변호하고
때로는 예리한 말로 세상의 거짓을 찔렀다

상심한 자에게는 위로의 말을 건네고
연인에게 첫사랑을 고백할 때는
떨리는 주인의 마음을 먼저 헤아렸다

하루의 끝에서 주인이 잠들 때만
너는 칼집에 든 칼처럼 짧은 휴식에 든다

# 가을 편지

저 투명한 가을빛 아니면

내가 어찌 가을을

가을이라고 부를 수 있었겠느냐


눈부신 언어로 말 건네는 단풍나무 아니면

가을 내내 나는 어두운 길만 걸었으리라


창 너머 키 큰 은행나무의

팔랑거리는 노란 잎에서

나는 계절의 빠른 발걸음을 읽고


나무들이 쏟아 내는 투명한 빛으로

나는 계절의 마음을 알아챘다

가을 어느 날

내 마음 한켠에 자리한 우울을

흰 구름에 실어 보낼 수 있었다

# 길 위에서
# 길을 잃다

나는 길 위에서 길을 잃었다

내가 오르내린 수많은 계단만큼
세월은 흘렀다

가을 나무가 지상에 내려놓은
나뭇잎만큼 많은 나의 번뇌

발가벗은 나무가 붙들고 있는 생각
그만큼 나의 의지는 굳센가

세상을 살아가는 어느 것 하나
의미를 품지 않은 것은 없다

나를 쓸쓸한 별나라에 초대한 이는

내게 무슨 비밀을 들려주려 한 것일까


내 속을 끓이던 번뇌의 이파리

다 떨쳐 내고 나면

성긴 나뭇가지 사이로

개밥바라기별 하나 돋아날까

# 방문객

오늘 나의 방문객은

허공을 떠도는 구름


붉은 단풍나무를 흔들고

사라진 바람이다


나의 우울을 위로하러 찾아온

박새와 곤줄박이와 직박구리다


허공을 떠돌던

구름 한 조각


그의 꿈의 무게를

내 어깨 위에 내려놓으면

나를 괴롭히던 고뇌도

순간 사라진다

# 칸나

여인의 목에 두른 붉은 스카프

초록 날개 아래 감춘 은유의 말이

푸른 하늘에 펄럭인다

내 키보다 훌쩍 자란 칸나 앞에서

나는 초라함으로 움츠러들지만

도도한 여인은 붉은 입술로

허공의 한쪽 모서리를 붉게 물들인다

# 산나리꽃

사람들이 오르내리는 숲속 길가에
산나리꽃

가느다란 꽃대 하나 밀어 올려
바람에 흔들리고 있습니다

사나운 바람에 흔들리면서도
제자리에 서 있는 산나리꽃

세상을 밝히는
하나의 등불입니다

5부

·

# 겨울 경전 읽기

세상의 모든 말의 무게를 수렴한 침묵

그곳에는 어떤 비밀이 숨어 있을까

# 겨울 경전 읽기

겨울의 시간이 온다
이제 침묵해야 한다


날카롭게 솟아오른 빙벽 위에
내려앉는 은빛 시간


암석 속에도 스스로 가둔
침묵의 말이 있을 것이다


바닥을 알 수 없는 깊이로
바다가 신비로워지듯


깊은 생각은 가장 낮은 곳에 자리하고

가벼운 것들만 떠올라 부유한다

세상의 모든 말의 무게를 수렴한 침묵
그곳에는 어떤 비밀이 숨어 있을까

지금은 스스로 깊어져야 할 시간
깊이에 이른 자만이 침묵의
언어를 배울 것이다

# 누가 이들에게
# 돌을 던지랴

요르단 출신 미국인 마흐무드 하산 부부는 유전성 신경대사 장애인 리증후군[*] 때문에 두 아들을 잃었다 아이들이 엄마의 미토콘드리아를 통해 결함 있는 유전자를 물려받았기 때문이다 세 번째 아이를 가져도 동일한 증상이 나타날 것이라는 사실을 안 그들은 뉴욕의 뉴호프 불임센터를 찾아갔다 연구팀은 부인의 난자를 채취하여 핵을 제거하고 다른 여성의 난자에서 꺼낸 핵으로 대체한 후 남편의 정자를 받아 체외수정을 했다 수정된 난자를 부인의 자궁에 착상시켜 임신은 성공했다 부부는 시술 규제가 없는 멕시코로 날아가 마침내 건강한 아이를 출산했다 세 명의 부모 유전자를 가진 세계 최초의 아기가 탄생한 것이다 세상은 법과 관습으로

[*] Leigh Syndrome

단단하게 묶여 있다 누가 그 돌을 들어 이 부부에게 던질 것인가?

# 서 있는 사람들

나무는 사람이다

한 그루 나무 앞에서
그 생각의 깊이를 알아보려
기웃거리지만
그의 속은 바다보다 깊다

육중한 몸에 쌓인 세월의 무게
몸으로 써 보이는 그의 글은
은유로 기록된 문장

간절함으로 하루를 살아온
한 그루의 나무
내 앞에 한 사람으로 서 있다

# 신의 사랑

광활한 우주에

헤아릴 수 없는 별을 뿌려 놓은

신이

사람들에게 더 가까이 다가오기 위해

들판에 풀꽃을 돋아나게 했습니다

풀꽃마다

고운 빛깔과 향기를

살짝 얹혀서

# 파종

손끝에서 떨어진 씨앗의
두려움을 잠재우려
부드러운 흙으로 덮어 주었다

그들이 던져진 곳이
뿌리를 내릴 터전

며칠이 지나면
두려움 떨쳐 버린 씨앗들이
부스럭거리며 잠에서 깨어날 것이다

기억을 더듬어 가는 낯선 길
길은 이미 그들 안에 있다

# 사라지는
# 기억들

주인과 한 몸이 되었던 농기구들이
벽에 걸린 채 녹슬고 있다


지게, 삽, 곡괭이, 쇠스랑, 낫, 호미, 갈퀴, 도리깨


농부가 궁핍으로 허둥댈 때
늘 함께했던 살붙이들
벽에 기댄 채 기억을 불러내고 있다


아버지가 등짐을 져 나르던 지게
어머니가 해 지도록 밭을 일구던 호미


저 어둡고 쓸쓸한 기억들

어디론가 사라지려는 기억을

가까스로 붙든 채 삭아지고 있다

# 포스트모던한 시

마른 수수깡을 씹으며 시대를 선도하는 유행이라고 했지 그
들은 고목에서 피어나는 버섯 같은 무의미한 기호를 만들어
퍼트렸어 메마른 언어의 감옥 햇살이 들지 않는 방으로 사
람들을 초대해 놓고 철 지난 옷을 걸친 마네킹을 가리키며
유행을 선도한다고 했지 튼튼한 감옥에 갇혀 자폐증을 앓는
언어들 그들은 유리잔에는 피가 돌고 있다고 외쳤어 진화
의 시간을 견디지 못한 사람들이 고양이 꼬리를 잘라 개에
게 붙이고 올빼미의 눈을 빼 말에게 붙여 놓았지 괴기스러
울수록 상상력의 발동이 앞선 것이라고 말하며 언어의 통증
이 사라진 기이한 작품들이 전시장의 상품처럼 진열되었어
시대에 뒤떨어진 낡은 언어는 새로운 이념을 기록할 수 없
어 외계인과 소통하기 위해서는 변신이 필요하지 사람들의
고리타분한 언어를 지우고 새로운 기호로 배열해야 해 상투

적인 수식어와 낱말을 깨부수고 과거의 흔적을 지우고 나면 새로운 문화의 물결이 도도하게 흐를 거야 과거의 문법이 사라진 세상에는 신인류가 거리를 활보하고 새로운 문법으로 태어난 길을 따라가면 백지 위에서는 화려한 꽃이 피어나기 시작할 걸 새 시대의 서막을 알리는 색소폰 소리와 함께…

# 이별

그녀의 영혼에 난 상처를 위로하려
붉은 흙으로 덮어 주었다


그녀가 평소 좋아하던 구절초와
쑥부쟁이를 꺾어 머리맡에 내려놓았다


여름 무더위 속에서
온몸으로 우는 말매미의 울음이
무덤 속으로 쏟아져 내리고


굴참나무는 아무런 슬픈 기색도 없이
그냥 내려다보고만 있었다

# 서울
## 1970

3.1로 어느 찻집에서
삶을 사는 기교를 말하던 친구여
갈색 커피가 향기를 잃듯
너는 진실의 빛을 잃고 있구나

종잇장 같은 너의 결백 위에
원색의 착색을 시도한 건
너만의 잘못이 아니다

푸르던 나무들도
도심으로 발부리 옮겨 딛고선
가슴을 앓아 콜록거리고
환자처럼 힘줄이 내다보이는

잎을 떨구고 있다

수많은 사람의 그늘에서
손금처럼 뻗는 고독
네 일상의 우울증

불멸의 불씨로 타오르는
태양도 기쁨이 아니요
혼신의 몸짓으로 피어나던 꽃도
사랑일 수 없는 너

밤의 늪에서 명멸하는
수많은 불빛에서 질긴 삶을 강요받고

너는 손바닥의 잔금을 세듯

지혜의 눈을 가꾸고 있느냐

# 참새 글방

참새 가족의 공부방은 항상 시끌벅적하다

오늘도 단풍나무에 모여 앉아
어제 배운 공부를 복습한다

어미가 앞에서 짹짹짹짹
선창을 하자
새끼들이 줄줄이 따라 한다

짹짹짹 짹 짹 짹
짹짹짹 짹 짹 짹

초등반에서도 짹짹짹

고등반에서도 쩍쩍쩍

저놈들은 언제나 글공부를

다 마칠 수 있을는지 모르겠다

# 자벌레 4

제 몸으로 길이를 재는 자벌레

그의 의지는 확고하다

스스로 내고 가는 길 위에서

몸으로 써 보이는 글

잠언보다 더 간결하다

# 사물의 진실

하나의 목숨을 받은 존재는
숭고하다

마음의 간절한 염원
죽음보다 강한 사랑 아니면
어찌 생명이 태어나겠느냐

나의 삶도 언제 저렇듯
간절한 적이 있었던가

앞에 다가선 사물의 진실 앞에
나는 마주 설 수가 없다

# 물고기 화석

바다를 자유롭게 헤엄치던

물고기가 암석에 갇혔다

시간의 마법에서 풀려나길

기다리는 물고기

꼬리지느러미를 살랑거리며

기억 속 시간의 바다에서

유영하고 있다

# 가을이 온다

보이지 않는 걸음으로 다가오는
시간의 그림자

시간은 감나무와 맨드라미
그리고 화살나무에게도 찾아온다
찾아와서는 스스로 취해 물든다

시간은 투명한 빛깔로 다가와
모든 것들 위에 발자국을 남기고
허위허위 어디론가 사라진다

# 12월

11월의 달력을 뜯어내자
달랑 한 장 남은 종이가
나무에 매달린 마지막 잎새 같다


낱장의 종이에 어룽거리는
시간의 발자국


세월의 무거운 짐을 부려 놓고
가벼운 발걸음으로 사라진다


서둘러 떠나가는 뒷모습
손짓하여 부를 수 없는 이름
너의 무표정을 마주하고 있다

# 겨울나무
## 아래서

왕버드나무 아래 앉아

나무와 함께 냇물 소리를 들었다


늙은 나무는 이파리를 다 떨쳐 내고

시린 계절을 맞고 있다


나무의 몸을 스쳐 간 세월이

남긴 상처들

관절염을 앓는 나무의 몸통

곳곳에 자라나는 검버섯


날로 옅어 가는 햇살 아래

왜가리와 청둥오리가 위로하듯

내려놓고 가는 몇 마디 울음

세월의 빠르기로 흐르는 냇물은
쓰라린 기억을 자꾸 불러내고 있다